남자 심리 33
우리의 사랑은 가고 아니 오나니

우리의 사랑은 가고 아니 오나니

초판 발행 | 2023년 8월 1일

지은이 | 김경남
펴낸이 | 신중현
펴낸곳 | 도서출판 학이사

　　　　출판등록 : 제25100-2005-28호
　　　　주소 : 대구광역시 달서구 문화회관11안길 22-1(장동)
　　　　전화 : (053) 554~3431, 3432
　　　　팩스 : (053) 554~3433
　　　　홈페이지 : http : // www.학이사.kr
　　　　이메일 : hes3431@naver.com

ISBN _ 979-11-5854-432-4　 03810

남자 심리 33

우리의 사랑은 가고 아니 오나니

김경남 지음

學而思 학이사

우리는 태어나면서부터 많은 사람을 만난다. 가족부터 시작해 자라면서 다양한 사람을 만나고 헤어진다. 대부분의 사람을 시간이 지나면서 잊었지만, 아직도 아름다운 추억으로 기억되는 사람도 있다. 기억하고 잊는 것을 마음대로 할 수 있는 일은 아니다. 기억에 또렷이 남은, 그 사람과의 인연을 중심으로 유형을 알아봤다. 그동안 만나고 헤어진 사람 중에 남자 33명의 이야기를 골라 엮었다. 그중에도 이성으로 생각했던 남자와의 만남 이야기다. 어린 시절부터 결혼을 하기 전까지의 이야기가 대부분이다.

기억을 되살리고 글로 정리하다 보니 사람마다 다른 특징이 있다는 걸 알 수 있었다. 말 한마디 건네지 못하고 지나쳤지만 기억에 남은 남자도 있고, 나름대로 제법 긴 시간 인연을 이어간 남자도 있었다. 당시에는 감성으로 접근했지만, 되돌아보며 생각하니 감성이 아니라 이성으로 그들의 심리를 알 수 있었다. 그것을 글로 써보고 싶었다. 부족한 글 솜씨로 자칫 오해를 살까 망설이기도 했지만, 나름 재미가 있었다. 어차피 추억이란 그런 것이 아니던가.

옛 여류시인 송이의 시조 중에서 '우리의 사랑은 가고 아니 오나니'를 책 제목으로 정한 이유도 여기에 있다. 그것이 사랑이었든 아니었든 나에게는 소중한 시간이기 때문이다. 지금까지 살면서 만난 인연을 나누어 되돌아보는 것도 의미가 있다는 생각에서다. 책에서는 그동안 만났던 남자와 인연의 시작과 있었던 일만 적었을 뿐, 어떤 결론을 내리지는 않았다. 유형의 결론을 정리할 수 있는 능력도 없고, 이미 오래된 인연이기에 그것을 지금의 마음으로 결론을 내린다는 것 또한 아무런 의미가 없기 때문이다.

그냥 그 순간만을 보여주었다. 그래서 한 사람이라도 자신의 옛 모습을 떠올리며 미소를 지을 수 있다면, 나의 마음이 전달된 것으로 여기고 기뻐할 수 있겠다.

2023년 6월
김경남

차례

작가의 말 … 4

1부 인연

가을 남자 … 10

향기로운 남자 … 13

시를 읽는 남자 … 17

노래를 잘 부르는 남자 … 21

얼굴만 봐도 좋은 남자 … 24

정성스럽게 편지를 써 주는 남자 … 27

우산을 씌워주는 남자 … 30

쪽지를 건네주는 남자 … 33

교회에서 만난 남자 … 36

공연을 좋아하는 남자 … 40

꽃을 선물하는 남자 … 44

2부 사랑

기적을 만들어 준 남자 ··· 48

추억을 만들어 준 남자 ··· 51

오빠를 생각하게 하는 남자 ··· 54

절에서 만난 남자 ··· 58

소중한 인연을 알게 한 남자 ··· 62

생기 넘치는 남자 ··· 65

연하의 남자 ··· 69

오토바이를 타는 남자 ··· 73

말 한마디에 위로가 되는 남자 ··· 76

가정이 부유한 남자 ··· 79

소외감을 느끼게 하는 남자 ··· 82

3부　이별

원수보다 못한 남자 … 88

협박하는 남자 … 91

오묘한 감정을 남기는 남자 … 94

물질로 마음을 흔드는 남자 … 98

자격지심을 느끼게 하는 남자 … 101

기다려주지 않는 남자 … 104

말인지 막걸린지 모르는 남자 … 108

차가운 남자 … 111

적극성이 부족한 남자 … 115

말 한마디에 떠나는 남자 … 118

거친 손을 가진 남자 … 122

1부
인연

가을 남자

가로수 잎이 울긋불긋 물드는 가을이 오면 공연히 가슴앓이를 한다. 가을을 타는 것이다. 출근길 버스 안에서 보이는 팔공산으로 단풍 구경을 가고 싶다. 팔공산을 생각하면 떠오르는 남자가 있다. 스무 살 생일날, 친구가 초등학교 동창이라며 남자 두 명을 데리고 나타났다. 한 명은 통통한 게 남자답게 생겼고, 또 한 명은 날씬하고 핸섬하게 생긴 남자였다. 그날이 내 생일인 것을 알게 된 두 남자는 급하게 꽃집을 찾았고 내게 꽃다발을 안겨주었다. 갑자기 받은 두 개의 꽃다발, 어리둥절했지만 기분은 참 좋았다. 그 일이 인연이 되어 우리 넷은 가끔 만나게 되었다.

어느 늦가을, 늦은 시간에 날씬하고 핸섬한 남자가 나를 찾아왔다. 잠깐 드라이브를 하자기에 팔공산으로 갔다. 차가 달리자 낙엽이 일제히 날렸다. 불빛 사이로 날리는 낙엽은 정말 환상이었다. 그 많은 나뭇잎이 우리를 향해 축포를 터트리고 레드카펫을 깔아주는 것 같았다. 그때 저 멀리에서 길을 막고 음주 단속을 하는 모습이 보였다. 술도 마시지 않은 그가 갑자기 긴장하기 시작했다. 왜 그러냐고 물었더니 운전 면허증이 없다고 했다. 헉! 운전을 아주 능숙하게 잘했는데 면허증이 없다니, 이게 무슨 일인가, 그때부터 가시방석에 앉은 듯 안절부절못했다. 다행히 교통경찰관은 음주 확인만 하고 보내주었다.

불안하긴 했지만 무사히 집까지 도착할 수 있었다. 면허증도 없는 사람이 무슨 마음으로 늦은 시간에 찾아와서 드라이브를 하자고 했던 것인지. 하지만 바람에 날리던 그날의 낙엽을 아직도 잊을 수가 없다. 세상 물정을 몰랐던 철없던 시절이었다. 그렇지만 사람을 의심하고 경계하는 삭막한 요즘에 비하면 당시는 맑고 순수했고 낭만이 있었다. 지금도 가을이 되면 불쑥 어디론가 떠나고 싶다. 가을에는 출근하는 버스에서도 가끔 생각한다. 이 버스가 단풍 구경을 떠나는 관광버스라면 얼마나 좋을까, 라고.

향기로운 남자

　　"저 지금 내려요." 예전에 한 음료 회사 광고에서 나왔던 대사다. 버스 안에서, 예쁘게 생긴 여자가 마음에 드는 남자에게 이렇게 말했더니 남자가 기다렸다는 듯이 여자를 따라 버스에서 내린다. 그리고 두 남녀는 나란히 서서 캔 커피를 마신다. 처음 본 사이지만 강렬하게 끌리는 감정이 있었던 것이다. 이 광고가 나오기 훨씬 전, 열여덟 무렵의 일이다. 버스에서 내리려고 벨을 누르는 순간, 갑자기 주위가 환해지는 느낌을 받았다. 내리는 문 바로 옆 좌석에 한 남자가 앉아 있었다. 까무잡잡한 피부에 얼굴이 갸름하고 잘생긴 남자였다. 눈을 뗄 수 없었다. 벨을 누르고 기다리는 그 짧은 시간 동안 머릿속이 복잡했다. 정말 괜찮은 남자인데 내가 먼저 말을 걸어볼까?

내리지 말고 계속 따라갈까? 그런 생각을 하는 동안 계속 그 남자를 넋 놓고 바라보았다. 그런데 그도 계속 나를 보고 있었다.

처음 본 여자가 계속 쳐다보면 난처해서라도 고개를 돌릴 텐데 계속 보고 있었다. 혹시 이 남자도 나와 같은 감정이었을까? 끝내 아무 말도 하지 못하고 그냥 버스에서 내렸다. 내린 뒤, 미련이 남아 다시 한번 버스 안의 그 남자를 바라보았다. 거짓말처럼 그도 나를 바라보고 있었다. 아! 너무 안타까웠다. 그날 처음, 한 번 본 그 남자를 지금도 기억하고 있다. 남자가 그렇게 아름다울 수 있다니…. 그러나 아직도 기억하고 있는 것은 그와 내가 인연이 되지 않았기에 가능한 일이었으리라. 만약 그와 내가 어찌어찌해서 친해지게 되었다면 처음의 그 설렘은 사라지고 좋지 않은 감정만 남았을 수도 있다. 사람과 사람 사이에는 적당한 거리가 필요하다. 친하다고 너무 가까이 가게 되면 실망을 하고 상처를 받는다. 물론 반대로 그 사람의 좋은 점을 알게 되어 더 친해지는 경우도 있다. 하지만 내 짧은 경험으로 그런 경우는 드물었다.

미운 정 고운 정 다 들어서 서로에게 실망하는 단계를 벗어나 이해하고 감싸주는 단계로 발전하면 그보다 더 좋은 일은 없을 것이다. 하지만 평생을 살면서 진정한 친구 셋을 얻는다면 인생은 성공했다는 옛말에서도 알 수 있듯 사람 농사가 제일 힘들다. 그렇게 파릇파릇 설렌 감정을 지녔던 그 소녀는 어느덧 쉰을 바라보고 있다. 세월에 휩쓸려 감정도 무디어지고 있다. 그런 사람과 차를 한잔하고 싶다. 이 나이에 내가 먼저 커피 한잔하자고 말 걸 수 있는 사람은 이성의 감정으로 바라보는 그런 남자가 아니다. 겉모습이 아닌 내면이 충실한 사람, 존경심이 저절로 우러나오는 사람이다. 그런 사람을 만나기 위해서는 내 내면을 다듬는 것이 선행되어야 가능한 일이리라. 라일락 향기가 퍼지고 있는 이 좋은 봄날, 내가 먼저 라일락 향기 같은 아름다운 향기를 풍길 수 있는 사람이 되어야겠다.

시를 읽는 남자

　　　　　　보석 세공 일을 하는 남자가 있었다. 처음
만난 것은 스무 살 가을 무렵이었다. 그는 친절하고 상냥
한 남자였다. 손님이 왔는데 대접할 게 없다며 친구와 그
사람은 간단한 먹거리를 사기 위해 잠시 집을 비우게 되
었다. 얼떨결에 낯선 집에 혼자 남게 된 나는 조금 서먹했
다. 그때 문득 시집 한 권이 눈에 들어왔다. 그 사람이 시
집을 읽고 있었구나! 시집을 읽는 남자라니… 호감이 생
겼다. 당시 내 주변에서 시집을 읽는 남자는 없었다. 시집
을 읽으며 시간을 보내고 있으니 그들이 돌아왔다. 간단
한 다과를 나누고 우리는 헤어졌다. 그 뒤, 친구를 통해
그가 나를 만나고 싶어 한다는 이야기를 들었다. 좋은 사
람이라고 느꼈기에 흔쾌히 만났다. 그는 처음 본 그날, 시

집을 읽고 있던 내 모습이 인상적이어서 다시 만나고 싶었다고 했다. 그 사람 주위에도 책을 읽는 사람이 거의 없어서 책을 읽고 있는 모습이 기억에 남았다고 한다.

그와 만난 기간은 길지 않았다. 짧은 시간이었지만 가끔 만나 밥도 먹고 맥주도 한 잔씩 했다. 한번은 연극을 보러 간 일이 있었다. 연극 관람을 하는데 주연 배우가 갑자기 우리에게 말을 걸어왔다. 돌발적인 상황이었지만 그는 센스 있게 잘 받아넘겼다. 그래서 연극의 분위기가 더 좋아졌다. 역시 품격이 남다른 남자였다. 그 사람의 본가는 전라남도 순천이었는데 갑자기 집안 사정이 생겨 순천으로 내려가게 되었다. 그가 순천으로 내려가던 그날은 마침 크리스마스였다. 막차를 타고 순천으로 내려가면서 그냥 보내기가 아쉽다며 내게 커다란 토끼 인형을 안겨주었다. 그렇게 큰 인형을 선물 받은 것은 처음이라 당황스러웠다. 하지만 내게 선물을 하고 싶다는 그 사람의 호의를 거절할 수 없었다. 꽃다발도 사주고 싶었는데 꽃집이 안 보여서 인형만 선물하는 것을 미안해했다. 참 살갑게 잘 챙겨주는 사람이었다.

그가 순천으로 내려간 뒤에도 전화 통화를 가끔 했다. 그러던 어느 날, 그 사람이 나와 결혼하고 싶다는 말을 했다. 그는 전문기술을 가진 안정된 직장인이었다. 자상하고 따뜻한 남자였고, 무엇보다 나를 많이 좋아해 주는 남자이니 결혼 상대로 딱 좋았다. 하지만 나는 어렸다. 결혼할 때가 아니라고 생각했다. 당시의 나는 책을 많이 읽는 편은 아니었다. 그런데 나를 기억하는 사람들은 책을 많이 읽는 사람으로 기억해 주고 있어 참 다행이라는 생각이었다. 그 사람도 나의 책 읽는 모습을 인상적으로 생각해 주었으니 얼마나 다행인가? 당시는 모두 먹고살기 바쁜 시절이다 보니 마음의 여유가 없었다. 그나마 책을 조금이라도 읽었기에 이렇게 좋은 추억 하나 남길 수 있었다. '사람은 책을 만들고, 책은 사람을 만든다'라는 말이 생각난다. 시를 읽고 결이 참 고운 사람으로 기억되는 남자다.

노래를 잘 부르는 남자

　　스물넷 가을 무렵이었다. 늘 붙어 다니는 친구와 포켓볼에 재미를 붙여 당구장을 자주 찾았다. 친구와 우연히 들어간 당구장의 사장님은 서른 살 정도의 총각이었다. 그 사람은 당구 실력이 1000 정도 되는 고수였다. 고수의 눈에 왕초보인 우리가 참 한심해 보였을 텐데도 내색하지 않고 친절하게 포켓볼을 가르쳐 주었다. 연습을 많이 하라며 포켓볼 이용 대금도 적게 받았다. 그 사람은 끼니를 제때 챙겨먹지 못할 때가 많다고 했다. 혼자 밥 먹기 싫다고 같이 밥 먹자며 우리에게 밥도 잘 사주었다. 포켓볼 비용도 적게 받는데 밥까지 사주면 과연 남는 게 있을까 싶을 정도로 후하게 대접해 주었다.

하루는 그 사람이 당구장 문을 일찍 닫고 퇴근한 날이 있었다. 우리는 돼지국밥을 안주로 소주를 마시면서 많은 이야기를 나누었다. 그 사람의 본가는 경남 밀양이며, 혼자 대구에서 살고 있다고 했다. 서른 살이 되자 집에서는 장가가라고 성화를 해 한 번씩 스트레스를 받는다고 했다. 사실 부모님 입장에서는 객지 생활을 하는 아들이 걱정되어 빨리 짝이 생기길 바라시는 것은 당연한 일이었다. 하지만 부모의 뜻대로 다 되는 것이 아니니 가끔씩 의견이 부딪치는 모양이었다.

그 남자는 노래도 잘 불렀다. 당구도 잘 치는데 노래도 잘 부르고 얼굴도 잘생겼다. 가수 배따라기의 〈은지〉라는 노래를 특히 잘 불렀다. 가끔 라디오에서 배따라기 노래를 들으면 그 사람이 생각난다. 당구에 흥미를 잃어 출입을 그만둔 지 몇 달이 지난 어느 날 그 사람에게서 연락이 왔다. 시간 되면 놀러 오라고 했지만 가지 않았다. 그렇게 또 몇 달이 지난 후에 그곳에 가보니 당구장은 다른 업종으로 변해 있었다. 주변 상인을 통해 그 사람은 고향으로 내려갔다는 소식을 들었다. 참 고마운 분이었는데 유종의 미를 거두지 못해 아쉬웠다.

얼굴만 봐도 좋은 남자

　　　　열여섯 살, 10월에 접어든 초가을 무렵이었다. 내가 처음 직장 생활을 했던 곳은 직원이 2천 명 정도 되는 큰 회사였다. 대부분이 여성이었다. 그렇다 보니 또래 남자를 구경하기가 힘들었다. 그런 중에 고등학교를 갓 졸업한 신입 남자 사원이 입사하게 되었다. 그 사람은 마른 몸에 키가 180cm 정도로 얼굴이 작고 귀여운 남자였다. 그 사람을 보는 순간 그냥 끌렸다. 그 사람은 내게 있어 피곤한 일상을 깨워주는 피로회복제 같은 존재였다. 그 사람이 지나가면 잠이 확 깼다. 내가 그 사람을 좋아한다고 여기저기에 얘기했더니 주위에서 다리를 놓아 주겠다는 언니들이 있었다. 하지만 그 언니들은 말만 그렇게 할 뿐 아무것도 해주지 않았다.

나는 거절을 당하더라도 고백을 한 번 해봐야지 하는 생각을 하면서 기회를 엿보고 있었다. 그러던 중 드디어 기회가 왔다. 일요일에 근무하게 된 날, 식당에서 그 사람을 보게 되었다. 반가운 마음에 오늘은 꼭 고백을 해야지 하는 생각이 들었다. 그래서 밥을 다 먹고 물을 마시고 있는 그 사람에게 다가가서 '많이 좋아한다' 며 고백을 해버렸다. 아! 그때 그 사람은 너무 놀라서 마시고 있던 물을 확 뿜어냈다. 그리고 한참을 웃었다. 나는 정신이 하나도 없고 얼굴이 확 달아오르고 몸에 힘이 풀렸다. 회사 식당인데, 사람이 얼마나 많은데, 고백을 했으니. 사람들의 시선이 나에게로 쏠렸다. 내가 왜 그랬을까? 생각할 때마다 아직도 얼굴이 화끈거린다.

그 사람을 밖에서 우연히 한 번 본 적이 있었다. 길에서 만나니 더 반가웠다. 그때 그 사람은 내게 자신의 전화번호를 가르쳐 주면서 전화하라고 했다. 내 친구도 옆에 있었고, 그 사람도 볼일이 있어 급히 가는 중이어서 이야기를 길게 하지는 못했다. 그런데 이상하게도 막상 전화번호를 받고는 연락을 할 수 없었다. 그러다 해가 바뀌고 그 사람이 군대에 가기 위해 회사를 그만두게 되었다. 그 사람이 군대에 입대하기 하루 전날, 용기를 내어 전화를 했다. 건강히 잘 다녀오라는 인사를 했다. 그게 처음이자 마지막 통화였다. 그때 나는 열일곱 살, 그 사람은 스무 살이었다. 참 풋풋했던 시절이었다. 그냥 얼굴만 봐도 좋은 사람이 있었다.

정성스럽게 편지를 써 주는 남자

　　　　　　　중학교 2학년 때, 파출소에 근무하는 의경을 한 명 알게 되었다. 훤칠한 키에 몸이 탄탄하고, 눈이 크고 쌍꺼풀이 있는, 이목구비가 또렷하게 잘생긴 경찰관이었다. 당시에 친했던 친구가 파출소 근처에 살아서 자주 오가다 보니 우리를 알고 있었다. 그 의경은 대학생이었고 스물네 살이라 했다. 하루는 그 의경이 자신의 친구가 군대에 있는데 위문편지를 써 줄 생각이 있느냐고 물었다. 우린 흔쾌히 편지를 썼고, 의경의 친구에게서 답장이 왔다. 그는 강원도 양구에서 군 복무를 하고 있었다. 처음에는 의경의 친구에게만 편지를 보냈는데, 그 군인과 같이 군복무를 하는 다른 군인에게도 편지를 써달라고 부탁을 하여 편지를 썼다.

그렇게 펜팔을 하는 기간 중에 나는 학교를 그만두게 되었다. 6학년 때 아버지가 돌아가신 뒤, 혼자서 집안 살림을 꾸려 가야 했던 엄마가 너무 힘이 들어 쓰러졌던 것이다. 엄마가 정신을 잃으면서 잠도 자지 않고 계속 이상한 소리를 하여 일상생활을 할 수 없었다. 언니들은 이미 시집을 갔고, 오빠들도 엄마를 감당할 수 없었다. 학교를 그만두고 엄마를 간호하기로 했다. 그때가 중학교 2학년 9월이었다. 다행히 엄마는 두 달 뒤에 다시 정신을 차렸지만 기력을 회복하기까지 시간이 오래 걸렸다. 짧은 기간이긴 했지만 어린 나에게는 힘든 시기였다. 그때 편지는 내게 큰 힘이 되었다. 내가 오히려 그에게 위문편지를 받는 심정이었다.

그는 전남 진도가 고향이라 했다. 그는 정말 정성스럽게 편지를 써주었다. 편지는 한 장으로 끝난 일이 없고, 보통 서너 장의 편지를 보내왔다. 많을 때는 일곱 장이 될 때도 있었다. 글씨는 또 얼마나 예쁜지. 그렇게 매번 정성스럽게 편지를 보내주는 그가 어느 순간 부담스러웠다. 친구가 그 편지를 보고는 '이 정도면 완전 애인한테 보내는 건데, 이 오빠가 너를 많이 좋아하는 것 같다' 라고 놀린 후부터였다.

우산을 씌워주는 남자

열여덟 살 여름, 갑자기 소나기가 내렸다. 우산이 없는 나는 버스를 타고 가는 동안 비가 그치기를 바라는 마음이 간절했지만 비는 계속 내렸다. 어쩔 수 없이 비를 맞으면서 횡단보도 신호를 기다리고 있었다. 그때 갑자기 뒤에서 낯선 남자가 우산을 씌워주었다. 너무 당황한 나는 괜찮다며 급히 횡단보도를 건넜다. 그런데 그 사람은 계속 따라왔다. 비가 많이 내리니 뛰어가기도 힘들고 나는 어색한 상태로 우산을 같이 쓰고 집 앞까지 걸어야 했다. 그 길이 정말 길게만 느껴졌다.

집 앞에서 고맙다는 인사를 하고 집으로 들어가려는데 그 사람은 급히 뭔가를 적어 건네주었다. 그 쪽지에는 자신의 이름과 전화번호가 적혀있었다. 내게 호감이 간다고 하면서 연락을 꼭 해달라고 했다. 하지만 연락을 하지 않았다. 그 사람을 지금까지 기억하는 것은 갑자기 비가 오는 날, 우산이 없을 때 흑기사처럼 나타나 우산을 씌워줄 수 있는 사람이 있다면 얼마나 좋을까, 그런 생각을 한번씩 했기 때문이다.

낯선 사람이 필요 이상의 친밀감을 보이면 더 경계하거나 의심하게 되는 시대가 되었다. 몇 년 전까지만 해도 비를 맞는 사람이 있으면 우산을 씌워주는 것이 그리 이상한 일이 아니었는데, 이제는 비를 맞고 걸어가도 우산을 같이 쓰자고 말을 걸어오는 사람이 없다. 나부터도 그런 말을 하지 못한다. 그랬다가는 이상한 사람으로 오해를 받을 수도 있어 조심하게 된다. 드라마에서는 첫 만남에서 우산을 씌워주는 장면이 자주 나오는데, 현실에서는 사라졌다. 비는 여전히 내리는데 우산을 나눠 쓸 마음의 여유가 없는 현실이 쓸쓸하다.

쪽지를 건네주는 남자

　　　나는 퇴근이 늦다. 평균적으로 밤 11시다. 하루는 급하게 의뢰가 들어온 수업이 있어 자정이 넘어 퇴근을 한 적이 있었다. 처음 들어간 지역이라 길도 잘 모르고, 버스는 한참 전에 끊겼고, 택시 타러 나가는 길도 무서웠다. 마침 경찰차 한 대가 순찰을 하고 있어서 그나마 위안이 되었다. 그 순찰차를 보니 떠오르는 사람이 있었다. 열여덟 살 때였다. 버스에서 내려 집으로 들어가는 길이었다. 그때도 거의 밤 11시가 다 되어 가는 시간이었다. 저 앞에서 누군가가 플래시를 비추고 있었다. '왜 플래시를 비추는 거야?' 하면서 못마땅해하며 걷고 있었다. 불빛이 가까이 다가와 보니 그 사람은 의무경찰이었다.

그가 집까지 바래다주었다. 집 앞에서 고맙다는 인사를 하고 들어가려는데 그 의경이 딱지 모양으로 접은 메모지를 내게 건네주었다. 메모지에는 이름, 주소, 나이가 적혀 있었다. 그리고 '초면이지만 호감이 갑니다. 계속 연락하면서 지내고 싶습니다. 편지 써주시면 고맙겠습니다' 라는 글이 적혀있었다. 처음 본 남자가 우산을 씌워주면서 비슷한 내용의 메모지를 준 적이 있었다. 참 신기했다. 편지를 쓰고 싶은 마음도 살짝 있었지만 그만두기로 했다. 미리 메모를 해서 가지고 다니는 사람인데 설마 내가 처음일 리 없을 것 같았다.

지금도 늦은 시간에 퇴근할 때는 그때가 떠오른다. 밤

11시가 넘은 야심한 시간에 혼자 다니는 것은 나이가 든 지금도 무섭다. 매일 늦게 퇴근하는 나를 위해 플래시를 비추면서 집까지 바래다주는 사람이 있으면 얼마나 좋을까? 하지만 이제 그런 일은 일어나지 않겠지? 집에 있는 남편도 못 해주는데, 누가 그렇게 해줄 것인가? 젊을 때는 젊다는 그 자체만으로 큰 매력이 되고 강점이 된다. 하지만 그 시절에는 왜 그런 것을 몰랐을까? 늦은 시간에 귀가할 때, 예전 그 의경 같은 사람이 나타나면 얼마나 좋을까? 어림 반 푼어치도 없는 생각을 하면서 혼자 웃는다.

교회에서 만난 남자

　　　　　사람과의 만남이 가끔 이상한 인연이 되어 오랫동안 이어질 때가 있다. 작은오빠는 중학교에 올라가면서 교회를 다니게 되었다. 교회를 다니면서 오빠는 성격이 많이 밝아졌다. 성가대에서 오빠의 역할은 컸다. 그즈음 엄마가 갑자기 쓰러졌다. 원래도 몸이 약한 엄마인데 아버지가 돌아가시고 힘들게 집안을 이끌어 가다 보니 몸과 마음이 많이 쇠약해졌기 때문이었다. 그때 교회 성도님들이 기도를 많이 해주셔서 회복하는 데 도움이 되었다. 그래서 엄마도 오빠를 따라 교회를 다니게 되었고 나도 잠시 다니게 되었다. 열여섯 살 때였다. 교회를 다닐 당시, 작은오빠에게 신경을 많이 써주는 선배 한 분을 알게 되었다. 그는 경북대 의대 3학년에 재학 중이었다. 외모부터 모범생으로 보였는데 교회 장로님의 아들이었다.

　나는 성실한 신앙인이 아니어서 선배와 교회에서 마주
칠 기회는 거의 없었고, 어쩌다가 만나도 그냥 가벼운 인
사만 하는 정도였다. 교회를 다니지 않게 되면서 그 선배
를 만나지 못했다. 그러다가 스무 살이 되었을 때, 우연히
대학병원에서 레지던트 과정을 공부하고 있는 선배를 만
났다. 함께 버스를 타고 가게 되었는데, 나의 이야기를 자
상하게 잘 들어주었다. 그는 재력이 있는 집안의 아들인
데 시내버스를 타고 다니는 모습이 참 신선해 보였다. 그
뒤로 한참 동안 선배를 만나지 못했다. 다시 그 선배를 만
나게 된 건 엄마가 병원에 입원했을 때였다. 그때 나는 스

물여덟 살이었다. 엄마는 류머티즘 관절염을 앓고 있었는데 건강이 갑자기 더 나빠지게 되어 선배가 류머티즘 전문 교수로 있는 대학병원에 입원하게 되었다.

선배가 엄마의 주치의여서 엄마가 병원에 계시는 두 달동안 종종 만나게 되었다. 만날 때마다 친절하게 대해 주고 위로와 격려를 많이 해주었다. 엄마가 입원한 병원에 교수가 된 선배가 있어서 정말 든든하고 큰 힘이 되었다. 그러다가 선배는 독립해서 대구 시내에 류머티즘 전문 의원을 개원하게 되었다. 엄마는 돌아가시기 전까지 계속 선배가 운영하는 병원에 다녔다. 엄마가 퇴원을 한 뒤에는 선배를 만나지 못했지만 엄마는 돌아가시기 전까지 30

년이나 되는 긴 시간 동안 만나온 셈이다. 살다 보면 이처럼 이상한 인연으로 오랫동안 이어지는 경우도 있다.

공연을 좋아하는 남자

　　　　　작은 회사에 경리 사원으로 근무할 때였
다. 거래처 사람들이 사무실에 자주 방문했다. 그 사람들
과 일 얘기도 하고, 사는 얘기도 하면서 친하게 지냈다.
하루는 내가 성격이 좋고 편하다면서 거래처 과장님이 내
게 남자를 소개해 주었다. 그 남자와의 첫 만남은 동성로
의 어느 호프집에서 시작되었다. 인상착의를 몰랐기에 나
는 호프집 안에 있는 공중전화를 이용해 그 호프집에 전
화를 했다. 그리하여 그 남자를 만나게 되었는데 그런 만
남이 참 인상적이었다. 첫 만남부터 맥주를 마시면서 만
나서인지 자연스럽게 친해지게 되었다. 그 남자의 회사가
내가 근무하는 사무실과 가까워서 퇴근하는 길에 가끔씩
만났다. 피곤한 일과를 마치고 퇴근을 하는 시간에 회사

앞에서 나를 기다려주는 사람이 있다는 것은 참 기분 좋은 일이었다.

　그는 김종서의 〈아름다운 구속〉이라는 노래를 좋아했다. "휴일에 해야 할 일들이/ 내게도 생겼어/ 약속하고 만나고 헤어지고" 노래 가사처럼 자신에게 이런 일이 생겨 정말 행복하다고 했다. 그는 내 머릿결이 참 인상적이었고 이미지가 좋았다고 했다. 너무 의외의 말이었다. 남자들이 선호하는 스타일은 보통 하얀 피부에 긴 생머리가 찰랑거리는 스타일이지 않은가? 그런데 나는 머리가 길긴 했지만 심한 곱슬이었고, 피부도 까무잡잡해서 예쁘다고 할 수는 없었다. 그런 내게 그 사람의 말은 신선하게 다가

왔다. 그는 뮤지컬이나 연주회 같은 공연을 감상하는 것을 좋아했다. 그래서 나도 그에게 호감을 느꼈다. 그런데 남녀 사이라는 것이 계속 만나다 보면 〈아름다운 구속〉의 가사 같은 일이 생긴다.

평소와 같이 퇴근을 하고 그를 만났는데 갑자기 포항 바다에 가자고 했다. 뜬금없이 바다에 가자니…. 이상한 예감이 들었다. 그 사람은 일할 때는 트럭을 몰고 다녔는데, 포항을 가려면 승용차가 편할 거라며 승용차를 가지러 집으로 갔다. 그가 자신의 집 안으로 들어간 사이, 나는 재빠르게 그곳을 떠나 나의 집으로 돌아왔다. 저녁 늦은 시간에 포항을 가면 안 될 것 같았다. 그래서 그 자리를 피했고 그것이 마지막 만남이 되었다. 그 후 친구와 소프라노 가수의 공연을 보러 갔다. 그때 나는 그도 혹시 이 공연을 보러 오지 않았을까 하는 생각이 잠시 스쳤다. 하지만 그 사람을 만나지는 못했다.

꽃을 선물하는 남자

스물하나이던 시절에 한 남자를 만났다. 그해 여름 휴가 때 친구의 고향 집에 놀러갔다. 모처럼 편한 마음으로 그 동네 사람들과 어울려 늦게까지 놀다가 수박 서리를 하자고 했다. 그 남자와 그 남자의 친구, 그 동네에 사는 또래 여자와 나, 이렇게 넷이서 승용차를 타고 갔다. 서리라고는 하지만 아는 사람의 밭이었고, 수박은 거의 끝물이라 먹을 만한 것은 없었다. 그런데 돌아오는 길에 갑자기 차가 고장이 났다. 두 남자가 차를 고치려고 시도는 하였으나 잘되지 않았기에 새벽까지 그 자리에 있어야 했다. 처음 만난 사람들과 수박 서리를 하고, 차도 고장이 나고, 새벽까지 함께 시간을 보내게 되었으니 참 기막힌 우연이었다.

그 일을 계기로 그 남자는 내가 사는 대구로 가끔씩 오게 되었다. 내 친구를 만나러 왔지만 사실은 나를 만나러 왔다는 것을 나중에 알게 되었다. 남자의 직업은 중장비 기사였다. 비가 오는 날에는 일을 거의 하지 않았기에 비가 내리면 만나러 올 때가 많았다. 그 시기에 그에게는 좋지 않은 일이 많이 생겼다. 일을 하다가 담벼락이 무너져 사람이 다치기도 하고, 교통사고를 내어 합의를 하느라 애를 먹기도 하고, 집안일도 잘 풀리지 않아 경제적으로도 매우 힘들어했다. 그런 일이 계속 일어나다 보니 서로가 예민해져 다툼이 잦았다. 급기야는 경제적인 문제를 해결하기 위해 그는 강원도 어느 골짜기로 들어가서 일을 하게 되었다. 휴대폰도 되지 않는 오지였다.

눈에서 멀어지면 마음에서도 멀어진다고 했다. 그렇게 우리는 조금씩 멀어지게 되었고 자연스럽게 헤어지게 되었다. 그는 내게 꽃다발을 자주 선물했었는데, 어느 날은 수국 화분을 선물했다. 꽃다발은 금방 시들지만 화분은 오래 두고 볼 수 있다며 화분을 보면서 자기 생각을 많이 하라고 했다. 그 화분은 그와 헤어진 뒤에도 한참 동안 꽃이 피어 보는 내 마음을 아프게 했다. 돌아보면 참 많은 인연이 있었다. 그중에는 잠시 스친 인연도 많고 깊이 사귄 인연도 있다. 헤어진 사람들은 헤어진 대로, 사귄 사람은 사귀는 대로 다 의미가 있을 것이다. 이 모든 인연에 감사함을 전한다. 내게 참 많은 추억을 선물해 준 그들이 진심으로 고맙다.

2부
사랑

기적을 만들어 준 남자

　　스물일곱 살, 경북 경산에서 살 때였다. 그때 가끔씩 만나는 친구가 있었다. 그 친구를 만나 수다만 떨다가 헤어지는 것이 시들해질 무렵, 운동을 하자는 쪽으로 의견을 모았다. 친구는 대구시 동구에 살고 있었다. 서로 사는 곳이 너무 멀었다. 그래서 대구 시내에 있는 스포츠센터를 같이 다니기로 했다. 헬스는 매일반, 수영은 주 2회 반으로 등록했다. 딱 한 달 동안 다녔지만 그 사이에 여러 일이 있었다. 우리를 지도했던 수영 강사는 우리보다 두 살 많았다. 쌍꺼풀이 있는 부리부리한 큰 눈에, 몸이 구릿빛으로 빛나는 탄탄한 근육을 가진 남자였다. 한마디로 참 남자답고 멋있었다. 상황이 그렇다 보니 수강생들에게 인기가 많았다.

이상하게 그 강사와 동선이 겹칠 때가 많았다. 우리는 헬스를 먼저 하고 수영을 하러 갔었는데, 헬스를 할 때 그 수영 강사도 헬스를 하러 왔다. 그리고 운동 후에 커피를 마시거나 간식을 먹을 때도 자주 마주쳤다. 그래서 다른 사람보다 조금 더 친하게 지낼 수 있었다. 그 수영 강사의 허벅지 근육은 정말 대단했다. 나는 그렇게 건장한 남자의 허벅지 감촉이 어떨까 궁금했다. 그렇다고 대놓고 만질 수는 없지 않은가? 그런데 어느 날 기회가 생겼다. 수영 강습 시간에 다리를 어떻게 움직여야 하는지 시범을 보여줄 때였다. 누군가가 허벅지를 잡아주어야 시범을 보여줄 수 있었는데, 강사가 내게 부탁을 하여 그 역할을 하게 되었다. 강사의 양쪽 허벅지를 딱 잡는 순간, 와우! 깜짝 놀랐다. 근육은 단단하고 묵직했다.

　남자가 참 섹시하고 아름답게 느껴질 때가 있는데 그 강사가 바로 그런 사람이었다. 마음속으로 생각한 일이 이렇게 현실에서 일어나는 순간이 바로 기적이 일어나는 순간이라는 생각이 든다. 크고 거창하고 화려한 기적도 있지만 소소하고 작은 일상의 기적이 진짜 기적이고 행복이란 생각이 든다. 오늘도 기적 속에서 살고 있다. 아침에 건강하게 일어나는 것도 기적이고, 맛있는 커피와 점심을 먹는 것도 기적이고, 무사히 수업할 지역에 시간보다 조금 일찍 도착하여 느긋하게 혼자만의 시간을 가질 수 있는 것도 기적이다.

추억을 만들어 준 남자

작은오빠가 고등학교에 다니던 시절, 우리 집에 자주 들르는 친구 중의 한 명과 인연이 있었다. 그 사람은 공부를 잘하는 우등생이었다. 가끔 그 사람과 얘기를 나누었는데, 말을 참 잘했다. 그 남자와는 밖에서 딱 한 번 만난 적이 있었다. 야외 공원 벤치에 앉아 음료수를 마시며 이야기를 할 때 그 남자가 말했다. "넌 가수 신승훈의 〈미소 속에 비친 그대〉라는 노래 가사 속에 나오는 여자와 비슷한 거 같아."

"'너는 장미보다 아름답진 않지만 그보다 더 진한 향기가~' 이 부분처럼 넌 예쁜 얼굴은 아닌데 왠지 끌려. 미소가 참 귀엽고 예뻐." 남자의 대답을 듣고는 기분이 좋았다. 그 남자와 특별한 사이는 아니었다. 하지만 내게 이런 말을 해주었다는 그 이유 하나만으로 그 아직까지 기억하고 있다. 그 남자의 말대로 나는 예쁜 얼굴이 아니다. 하지만 '난 네가 예뻐서 좋아' 이런 말보다는 '예쁘지는 않지만 그냥 끌린다' 는 말이 더 좋은 표현이란 생각이 들었다.

예뻐서 좋아한다거나 다른 조건을 보고 좋아하는 것은 순수한 사랑이 아니라 여긴다. 살다 보면 더 이상 예쁘지 않은 순간이 올 수도 있고, 좋아했던 조건이 변할 수도 있다. 조건을 다 걷고 나면 관계는 끝날 수도 있다는 전제가 깔려 있다. 누군가가 '넌 그 사람이 왜 좋아?' 라고 물었을 때, '몰라, 그냥 다 좋아' 라고 말하는 것이 진정한 사랑이라고 예전의 은사님께서 말씀하신 적이 있다. 예전에, 어렸을 때는 조건 없이 순수하게 아껴주던 사람이 많았다. 아름다운 추억들을 만들어 준 그 사람이 고맙다.

오빠를 생각하게 하는 남자

　　큰오빠의 중학교 동창생 중에 우리 집에 가끔씩 방문했던 오빠가 있다. 그 오빠는 꽤 오랫동안 큰오빠와 친하게 지냈다. 그 오빠는 공부도 잘했지만 성격도 좋고 말도 재미있게 했다. 키는 작았지만 오랫동안 운동을 해서 몸은 탄탄했다. 귀여운 얼굴에 노래도 잘 불렀다. 그러다 보니 내 친구들도 그 오빠를 좋아했다. 친구들과 그 오빠가 친해진 것은 초등학교 6학년 때였다. 우리보다 다섯 살이 많았으니 그 오빠는 열여덟 살이었다. 여름방학을 이용하여 그 오빠는 우리에게 한국사 수업을 해주었다. 물론 무료 특강이었다. 여름방학 기간 동안 짧게 이루어진 수업이었지만 우리나라 역사에 대해서 아주 재미있게 이야기를 해주어 내가 역사를 좋아하게 된 계기가 되었다. 오빠는 한국사 수업을 하는 틈틈이 우리에게 노래도 잘 불러 주었다. 오빠가 불러 준 노래는 다 좋았지만 그중에서도 김범룡의 〈현아〉라는 곡을 좋아했다.

큰오빠의 절친한 친구라서 자주 만나다 보니 정도 많이 들었다. 그래서 그 오빠가 군대에 간다고 했을 때 나와 친구들은 많이 울었다. 마치 연인을 군대에 보내는 것처럼 엉엉 소리 내어 울었다. 고민을 잘 들어주고, 공부도 잘 가르쳐 주고, 노래도 잘 불러 주던 오빠를 한참 동안 못 보게 된다고 생각하니 매우 안타깝고 서운했다. 오빠가 군대에 간 뒤, 우리들은 편지를 썼다. 오빠는 군대 생활의 고단함 속에서도 답장을 잘 해주었다. 당시 오빠의 편지는 내게 큰 힘이 되었다. 그런데 정말 엄청난 사건이 일어나게 되었다. 그 오빠 군 복무 기간에 큰오빠가 사고로 세상을 떠났다. 내 나이 열일곱 살 때였다. 정말 하늘이 무너지는 것이 어떤 것인지를 처음 알았다. 그때 생각을 하면 아직도 가슴이 아프다. 이미 4년 전 6학년 때, 아버지가 돌아가셨다. 그때보다 큰오빠의 사망 소식이 더 슬펐고 가슴이 무너져 내렸다.

그때 큰오빠 나이는 겨우 스물두 살이었다. 꽃 같은 젊은 나이에 세상을 떠나게 되었으니 그 슬픔은 어떻게 표현할 수 있을까? 가장 슬픈 사람은 당연히 엄마였다. 부모는 자식이 죽으면 가슴에 묻는다는 말이 있듯이 엄마는 평생 큰오빠를 잃은 슬픔에서 헤어 나오지 못했다. 큰오빠가 세상을 떠난 뒤에도 그 오빠는 가끔씩 우리 엄마께 인사를 하러 왔다. 그러다가 어느 순간부터 서서히 멀어졌다. 오빠를 보면 큰오빠 생각이 나서 엄마가 더 마음 아파할 것 같아 그랬던 것 같다. 그 오빠는 내가 스물일곱 살 때까지 우리 집을 왕래했다. 참 긴 시간이었다. 내가 열한 살 때부터 스물일곱 살까지 무려 16년의 세월이었다. 그 긴 시간 동안 내게 때론 큰오빠처럼 때론 아버지처럼 든든한 존재였다. 그만큼 많이 의지를 했다. 힘든 시간을 그 오빠로 인해 많은 위로를 받으며 버틸 수 있었다.

절에서 만난 남자

서른한 살의 추운 겨울, 1월이었다. 어디론가 훌쩍 떠나고 싶어 경북 예천으로 가는 버스를 탔다. 예천은 내게 있어 특별한 의미가 있다. 열여덟 살 때, 혼자서 처음 여행을 갔던 곳이 바로 예천이다. 터미널에 내려 택시를 타고 이름만 듣던 절을 찾아갔다. 대웅전에서 108배를 드리고 나오는데, 한 스님이 어디서 왔느냐고 물었다. 대구에서 왔다는 대답을 듣고, 택시비가 얼마나 나왔느냐고 물었다. 내가 택시를 타고 절 앞에 도착한 것을 본 모양이었다. 이만 원을 주고 왔다는 말에 웃으며, "아, 많이 나왔네요. 내려갈 때는 제가 태워 드릴 테니 오천 원만 주세요."라고 했다. 그렇게 해주면 고맙겠다며 나도 가벼운 농담으로 생각하고 웃었다.

잠시 후 스님은 정말 차를 몰고 나왔다. 볼일이 있어 읍내에 나가는 길이라고 했다. 고마운 마음으로 스님의 차를 타게 되었다. 당시 나는 문학모임에서 시를 공부하고 있었는데, 그즈음 발간된 동인회 문집이 마침 가방 안에 있었다. 고마운 마음에 몇 편의 내 시가 실린 시집을 스님께 드렸다. 스님은 시를 쓰는 사람을 만나게 되어 더 반갑다며 많은 이야기를 나눴다. 스님으로서의 삶이 힘들지 않으냐고 물으니 힘들다고 했다. 승가대학 당시 동기들이 125명이었는데 지금은 거의 다 절을 떠나고 28명만 남아 있다고 했다. 불교에 입문한 지 20년 다 되어 가는데 한창때는 젊은 보살들이 같이 살자고 하는 사람도 있었고, 절한 채 지어준다는 사람도 있었지만, 그런 제안을 떨쳐버렸다고 했다.

그런데 요즘은 조금 후회가 된다고 했다. 절 한 채 지어 주겠다 하는 사람이 있을 때, 작은 절이라도 지어서 혼자 조용히 수양하면서 살걸 하는 생각이 들 때가 있다고 했 다. 그러면서 내게 조용하고 공기 좋은 산속에서 글을 쓰 면서 살고 싶은 생각이 없느냐고 물었다. 나는 그렇게 살 고 싶지만 그럴 수 없는 현실이 안타깝다고 했다. 그 스님 은 그동안 돈을 좀 모아 두었다면서 곧 이 절을 떠나 작은 암자를 지어 그곳에서 살 예정이라고 했다. 사람들은 가 보지 않은 길에 대해 미련을 많이 가진다. 그러함에도 불 구하고 한길만 꾸준히 가는 사람들은 참 대단하다는 생각

이 든다. 그 스님은 계속 절에 계실까, 환속하셨을까? 궁
금하다.

소중한 인연을 알게 한 남자

직장 생활을 하다 보면 회사에 들어서는 순간 오랫동안 근무할 수 있을 것 같은 회사가 있는 반면, 이 회사는 아니라는 생각이 들어 하루 만에 그만두는 곳도 있다. 내게도 그런 곳이 있었다. 딱 하루 일하고 그만둔 회사가 있었다. 아는 분의 소개로 간 곳이라 웬만하면 참을 텐데, 그렇게 하루 만에 그만둔 것에 나도 놀랐다. 딱히 무슨 일이 있었던 것은 아니었다. 그냥 일이 너무 하기 싫었고 왜 이렇게 어린 나이부터 일해야 하나, 세상을 원망했던 때였다. 그때가 열여덟 살 때였다. 대학시험에 떨어져서 사는 낙도 없었다. 그런데도 그 일을 기억하는 것은 딱 하루였지만 기억에 남는 남자가 있었기 때문이다. 나이 많은 어른들 사이에서 또래가 없으면 심심하고 일할 맛이 나지 않을 것인데도 그 남자는 버티고 있었다.

　회사를 그만두고 그 남자를 한 번 본 적이 있다. 버스
안에서였다. 정말 우연이었다. 나는 이런 일이 일어날 때
마다 깜짝깜짝 놀란다. 어떻게 그 시간에, 그 장소에서 만
날 수 있는 것일까? 세상 어딘가에 있었던 사람이 이렇게
정말 스치듯 지나가며 만나는 것도 다 만날 만한 인연이
기에 만나는 것이라고 한다. 그 어떤 인연도 그냥 오는 것
은 없다고 한다. "힘들어서 일 못 하겠지?" 그 남자가 먼
저 말을 걸어왔다. 그 남자도 내가 그만둔 다음 날 그만두
었다고 했다. 이것도 참 신기하고 이상한 우연이었다. 어
쩌면 그 남자와 서로 잘 통하는 사이로 좋은 인연이 되었

을지도 모른다.

요즘 같으면 그 자리에서 전화번호라도 주고받았을 텐데, 그때는 그런 시절이 아니었다. 유일하게 연락이 가능한 것이 유선전화였고, 주소를 알면 편지를 쓰는 정도였다. 집에 전화가 없는 사람도 있었다. 그러니 연락처를 주고받는다는 것이 지금보다 정말 더 힘들고 어려운 시기였다. 어렵게 소통을 하던 시기였음에도 이렇게 우연히 만난다는 것에 어떠한 의미도 두지 않았다니…. 당시에는 어렸기에 뭣이 중요한지 몰랐다. 하지만 지금처럼 딱 한 번 만나는 인연도 의미가 있다는 것을 알았으면 그렇게 만난 희귀한 인연을 그냥 보낼 수 있었을까?

생기 넘치는 남자

몇 년 전에 교회에서 진행하는 성경 공부 모임에 참가한 일이 있었다. 종교인은 아니었지만 세계적인 베스트셀러인 성경을 공부하고 싶어서 신청하게 되었다. 당시 나는 도서관에서 시 창작반 수업을 듣고 있었는데 수업을 하시는 강사님께서 성경의 「시편」에 정말 아름다운 비유가 많다고 해서 문학 공부에도 도움이 될 것 같아 겸사겸사 공부하게 되었다. 어르신부터 젊은 친구까지 다양한 연령대의 사람이 한 공간에서 몇 달 동안 공부하다 보니 자연스럽게 친해지게 되었다. 그리고 공부하는 사람 중에는 특히 정이 많은 사람이 있어 간식을 직접 만들어 와서 나누어 주기도 했다. 하지만 생소한 수업을 계속 듣다 보니 어느 순간 고비가 왔다. 그즈음 수강생들의 노래자랑 행사가 개최되었다. 부끄러움을 감추기 위해 복면가왕이라는 TV 프로그램처럼 가면을 쓰고 노래를 했다.

여러 사람이 나와서 노래를 불렀는데 노래 솜씨가 모두 수준급이었다. 그중에서도 유독 귀를 사로잡는 목소리가 있었다. 키가 크고 멋진 몸을 가진 남자였는데, 얼굴을 보지 않고 노래만 듣고 있는데도 푹 빠져들었다. 가면 속의 그 사람이 꼭 나를 위해 노래를 부르고 있는 듯한 착각을 할 정도였다. 그 사람이 부른 노래는 뮤지컬 Jekyll and Hyde의 〈지금 이 순간〉이라는 곡이었다. 그 어려운 곡을 전문 뮤지컬 배우가 부르는 것처럼 완벽하게 소화해 내는 그 사람은 과연 누구인지 정말 궁금했다. 그 사람이 노래 자랑에서 1등을 했다. 사람들의 감정은 비슷한 것 같다. 그 사람이 가면을 벗는 순간, 깜짝 놀랐다. 상상했던 것보다 훨씬 더 멋지고 잘생긴 청년이었다. 대학에서 뮤지컬을 전공했던 학생이었다. 어쩐지 완벽하다 했더니 전문적으로 배운 사람은 역시 다르구나 하는 생각이 들었다.

그 청년이 있으면 주변이 훤하고 빛이 나는 것 같았다. 당시 나는 이미 마흔이 넘은 아줌마였고, 그 사람은 생기 넘치는 스물여섯 살 청년이었다. 이성의 감정이 아니지만, 그냥 보기만 해도 기분이 좋았다. 그때는 같이 공부하는 사람끼리 간단한 음식을 만들어 점심을 해결했는데,

나는 오후 출근이라 수업을 마치면 바로 뛰어나가야 했다. 밥을 먹고 가라며 붙잡는 사람들을 매번 거절하기가 미안해서 급하게 밥을 먹기도 했지만 뒷정리를 도와주지 못해 늘 마음에 걸렸다. 그러던 중 하루는 수업 하나가 빠지게 되어 설거지할 수 있는 시간이 생겼다. 그동안의 마음 빚을 갚을 기회가 생겨 감사한 마음으로 설거지를 하는데 그 청년이 "힘드실 텐데, 제가 좀 도와드리겠습니다."라며 소매를 걷어붙이며 다가왔다. 그 청년을 생각하면 행복한 웃음이 난다.

연하의 남자

　　스물세 살 여름, 나는 어느 회사에서 임시
직으로 일하고 있었다. 내가 일하는 부서에는 세 명의 정
직원이 있었는데, 친절하게 대해 주었지만 정직원과 임시
직이라는 거리감이 있어 편하지만은 않았다. 그때 나와
비슷한 처지의 임시직 남자 직원이 한 명 있었다. 나는 동
갑내기 여직원 옆자리에서 보조직 일을 했고, 그 사람은
중년의 아저씨 옆에서 일을 하고 있었다. 같은 조립 라인
에서 작업했지만 거리가 제법 떨어져 있었고 따로 이야기
할 일도 없었다.

　어느 날부터 내 쪽으로 작은 구리나 전선 같은 것이 날
아오기 시작했다. 부피가 거의 없는 작은 것이라서 신경

을 쓰지는 않았다. 다른 직원과의 대화를 통해 그 사람에 대해 알게 된 정보는 나이가 스무 살이고, 여름방학을 이용해 잠시 아르바이트를 하러 왔고, 아버지가 근처의 큰 회사에서 근무하고 있다는 정도였다.

하루는 회사 직원들과 회식을 했다. 그때 그 사람과 잠깐 이야기를 했고, 임시직이라는 공통점이 있어 삐삐라고 불리는 무선호출기 번호를 주고받게 되었다. 그러다가 갑자기 사정이 생겨서 회사에 미처 말을 못 하고 일을 그만두게 되었다. 다른 사람의 연락처를 알 수가 없어 그 사람에게 내가 일을 못 하게 되었음을 알려 달라고 부탁을 했다. 그리고 며칠 뒤, 그 사람에게서 만나자는 연락이 왔다. 부탁을 들어준 일도 있고 고마운 마음에 밥이라도 사고 싶어 만나기로 했다. 나이도 나보다 어렸기에 별다른 부담 없이 그 사람을 만났다.

그런데 그 사람이 내게 새 삐삐를 선물했다. 그 뒤 삐삐를 통해 그 사람에게 연락이 왔고, 나를 좋아한다고 고백했다. 같이 일을 할 때는 매일 봐서 좋았는데 못 보게 되니 많이 보고 싶었다고 했다. 그리고 내게 구리나 전선 조각을 던진 것은 자신을 한 번이라도 더 보게 하려고 그랬다는 것이었다. 연하의 남자가 나를 좋아한다고 고백을 하니 장난인 줄 알았다. 그런데 그 사람은 진심으로 나를 좋아한다고 했다. 진지하게 다가오는 그 사람이 부담스러웠다. 그때까지만 해도 남자를 사귄다면 나보다는 나이가 많아야 한다는 생각을 하고 있었다. 그러니 그 사람의 고백을 받아 줄 수 없었다.

오토바이를 타는 남자

　　　　　비가 부슬부슬 내린다. 이런 날은 길이 유난히 미끄러워서 자동차나 오토바이는 더욱더 조심해야 한다. 평소에도 오토바이를 타고 질주하는 사람을 보면 간이 오그라들 때가 많다. 오토바이를 타고 다니는 젊은 사람을 보면 예전에, 잠깐 스치듯 만난 한 남자가 떠오른다. 이십 대 시절에 친하게 지낸 친구 중에 C가 있었다. 다니던 회사에서 만난 친구의 친구였다. C는 참 참하고 의리가 있어서 친하게 지냈다. C와 약속이 있던 어느 날, 한 남자와 우연히 합석을 하게 되었다.

　우리는 동갑내기라서 첫 만남부터 말을 놓고 편하게 지냈다. 순하고 착하게 생긴 남자였다. 그런데 어딘가 모르게 어두운 그늘이 있어 보였다. 그 남자는 교통수단이 오토바이라고 했다. 그 말을 듣는 순간, 위험할 텐데 하는 생각이 스쳤다. 그런데 그 만남이 그와의 처음이자 마지막 만남이 되어 버렸다. 그의 소식을 다시 듣게 된 것은 며칠 뒤였다. C를 통해 그가 사망했다는 소식을 들었다. 오토바이를 타고 가다가 자동차와 부딪쳐 심하게 다쳤고, 결국 저세상으로 떠났다고 했다. 그때 그는 스물두 살이었다. 며칠 전까지 건강하게 웃고 떠들던 사람이었다.

한순간에 이 세상 사람이 아니라는 소식을 듣는 것은 너무 당황스러웠다. 기가 막혀 그냥 슬프다는 말로는 표현이 되지 않았다. 정말 신이라는 존재가 있는 것인지, 왜 그렇게 젊은 친구를 데리고 가야 하는지, 지금은 이름도 생각나지 않지만 오토바이를 타고 다니는 사람을 보면 그의 기억이 떠오른다.

말 한마디에 위로가 되는 남자

초등학생 때, 나는 존재감이 없는 아이였다. 그런 학교 생활이었지만 기억에 남는 남학생이 한 명있다. 그 남학생과 이상하게 같은 반이 자주 되었다. 그당시 우리 학교에는 한 학년이 12반까지 있었다. 그렇게많은 학생 중에 같은 반이 자주 되었으니 보통 인연이 아니었다. 그 친구는 항상 학급 반장을 했다. 공부를 참 잘했고, 글씨도 아주 예쁘게 쓰는 친구였다. 피부가 뽀얗고몸이 약하고 키는 작은 편이었다. 항상 단정하고 깔끔했다. 그 친구와는 짝이 된 적도 없고 말을 주고받는 사이도아니었다. 언제부터인가 그 친구가 내 눈에 들어왔다.

그 친구는 붓글씨를 잘 썼다. 그래서 잠깐 배웠던 적이 있었는데 친절하게 잘 가르쳐 주었다. 딱히 할 말도 없으면서 공연히 앞에 앉아 있는 그 친구의 등을 톡톡 치면서 지우개를 빌려달라며 말을 걸기도 했다. 물론 지우개가 없어서 그런 것은 아니었다. 그냥 말을 걸어 보고 싶어서 그랬다. 그러나 그 친구는 한 번도 짜증을 내거나 화를 내지 않았다.

어떤 예방접종인지 잘 기억나지 않는다. 먼저 팔에 주사를 놓고 항체 반응을 살핀 뒤 아무런 반응이 없으면 어깨에 주사를 놓았다. 나는 팔에 주사를 맞은 후 이상한 물집이 생겼다. 그런 사람이 우리 반에 대여섯 명 정도 있었다. 그래서 물집이 생긴 친구들만 따로 선생님을 따라 병원에 가서 검사를 했던 적이 있다. 그 친구가 병원에서 옆에 앉더니 '네 팔의 물집이 내 것보다 더 크네' 라며 가늘고 약한 자신의 팔을 보여주었다. 그러면서 팔에 물집이 크게 부풀어 올라 겁을 내는 내게 물집이 생기는 건 이미 그 항체를 가지고 있다는 거니까 더 좋은 거라며 용기를 줬다. 그렇게 말하는 그 친구의 말이 나를 안심시켜 주었다. 말 몇 마디 한 것이 고작인데 그렇게 좋을 수가 없었다.

가정이 부유한 남자

　　　　　친하게 지낸 언니가 있었다. 두 살 많았는
데 성격이 밝았다. 그 언니와 친하게 지내는 동갑내기 남
자가 있었다. 그는 체구가 그리 크지 않았고 선한 인상을
가진 참 착한 사람이었다. 여럿이 같이 술을 마시다가 시
간이 늦어지면 우리 집까지 바래다주기도 했다. 우리 집
은 범물동 종점이어서 공부를 하는 대학에서 택시를 타면
택시비가 제법 많이 나왔는데, 매번 그가 계산을 해주었
다.

　참 좋은 사람이었지만 조금 부담스러웠다. 그 남자의
부모님이 학교 선생님이라는 것이 우리 집과는 너무 차이
가 나 내게는 부담으로 다가왔다. 그의 부모님은 아들에

게 기대가 높았지만 그는 그 기대를 채워주지 못해 힘들어했다. 그런 이유인지 몰라도 표정이 매우 어두웠다. 옆에서 힘듦을 같이 나누고 싶은 마음도 있었지만 망설여졌다. 그의 부모님은 아들에게 기대치가 채워지지 않았기에 여자 친구에게 신경을 더 쓸 것 같다는 생각이 들었다. 나는 그런 조건에 적합한 사람이 아니었다.

당시의 나는 참 모순적이고 이기적인 사람이었다. 내가 가난하게 살았기 때문에 좋은 조건의 사람을 만나고 싶었다. 그래서 너무 힘들게 고생하며 사는 사람과는 거리를 두었다. 그런데 막상 경제적 형편이 좋은 집안의 남자를 만나면 내가 너무 부족하고 가진 것이 없어서 지레 겁을 먹고 또 거리를 두었다. 그러니 사귀는 사람이 있을 리가 없었다. 그런 이유로 그와도 큰 진전이 없이 흐지부지한 상태로 끝이 났다.

소외감을 느끼게 하는 남자

친하게 지내던 언니가 자신의 남자 친구를 내게 소개해 주었다. 언니의 남자 친구는 우리 동네 교회에서 청년부 회장직을 맡고 있었다. 그는 성실하고 착하고 책임감이 있어 보였다. 언니와 참 잘 어울린다고 생각했다. 어쩌다 그들이 다니는 교회에 나가게 되었다. 언니를 통해 몇 번 만난 것이 인연이 되어 교회까지 가게 된 것이었다. 하필이면 우리 동네 교회 청년회장이었던 것도 인연이 되려고 하니 그랬던 것일까? 교회를 다니면서 청년부 소속이 되어 아동부의 부 교사직을 맡게 되었다. 나는 성경에 대해서는 아는 것이 없었다. 그런 내가 아동부 부교사라니 정말 어울리지 않는 직책이었다. 부담되었지만 어쩔 수 없이 맡게 되었다.

청년부원이 스무 명이 되지 않는 작은 규모의 교회였다. 그러니 내가 뭐라도 맡아야 했다. 청년부에는 동갑내기 남자가 한 명 있었다. 당시 동갑내기는 나와 대학생인 그 친구밖에 없었다. 그 친구는 군대에서 주는 장학금을 받고 있었다. 그래서 의무적으로 9년 동안 군복무를 해야 한다고 했다. 그때 우리 나이가 스물세 살이었으니 슬슬 군대에 가야 할 때가 된 것 같았다. 어느 날, 그 친구는 내게 자신이 군대에 가 있는 9년 동안 기다려 줄 수 있겠느냐고 물었다. 그냥 농담이겠거니 여기며 웃어넘겼다. 나는 그 친구가 사귀는 사람이 없어서 그러는 줄 알았다. 교회에서 1박 2일 여름 수련회를 갔을 때도 그 친구는 내게 신경을 많이 써주었다. 그래서 그 친구에게 고마운 감정이 많았다.

  그해 겨울에 청년부원끼리 바다를 가게 되었다. 그 무렵 청년부에 낯선 여자가 한 명 보이기 시작했다. 나는 그 여자가 누구인지는 몰랐다. 바다로 가는 길에 갑자기 가벼운 차량 접촉사고가 났다. 다행히 다친 사람은 없었지만 그 여자가 많이 놀란 것 같았다. 그 뒤로 그 친구가 그 여자 옆에 딱 붙어서 간호를 해주는 걸 보았다. 나는 그제야 그 여자가 그 친구의 여자 친구인 것을 알았다. 조금 당황스러웠다. 그 친구가 먼저 내게 자신의 여자 친구라고 이야기를 해주었다면 나도 조심을 했을 텐데, 왜 그 말을 하지 않았는지 모르겠다. 주위를 둘러보니 짝이 다 있었다. 나는 거기 왜 갔던 것일까? 분명 같은 장소에서 그들과 어울리고 있는데 나만 소외되는 느낌은 사람을 참 힘들고 외롭게 만들었다.

3부

이별

원수보다 못한 남자

열아홉 살 되던 해에 고종사촌 오빠가 회사 친구를 소개해 주었다. 나보다 다섯 살이 많았던 그 사람은 대기업 직원이었다. 하필 그 사람을 처음 만나는 날이 대학시험 합격자가 발표되는 날이었다. 나는 시험에 떨어졌다. 그 사람은 낙심한 나를 부산 바닷가로 데려가 주었다. 그 사람의 친구가 운전하는 승용차 안에서는 대학 가요제 수상 곡이 흘러나오고 있었다. 신나는 음악을 들으며 대학 낙방에 대한 설움을 잠시나마 잊을 수 있었다. 하루는 두류공원을 산책하다가 갑자기 집에 두고 온 물건이 있다고 해서 그 사람 집까지 같이 걸어가게 되었다.

집 앞에서 기다리고 있으려고 했는데 마침 집 앞에서 그 사람의 아버님을 만났다. 아버님은 아들이 여자 친구를 데리고 온 것으로 생각하고는 반가운 마음에 집으로 같이 들어가자고 하셨다. 얼떨결에 따라 들어가게 되었다. 당시 그 동네는 주택들이 잘 정비되어 있어 부자 동네라고 불렀다. 집 안으로 들어가니 부모님과 형님 내외까지 다 계셔서 가시방석에 앉은 기분이었다. 식구들이 돌아가며 이것저것 물으시는데 너무 긴장이 되어서 무슨 얘기를 했는지 기억이 나지 않는다. 그러던 어느 날, 뜬금없이 그 사람이 내게 결혼을 하자고 했다. 너무 당혹스러웠다.

오랫동안 사귀어 온 사이라고 하더라도 결혼 이야기가 나오면 멈칫거리게 되는데 만난 지 몇 달밖에 안 된 사람이 결혼을 하자고 하니 혼란스러웠다. 나는 결혼 생각이 없었기에 이별을 했다. 몇 달 뒤 다시 찾아온 그 사람에게 단호하게 아직 결혼할 때가 아니라고 말했고, 우린 완전히 헤어지게 되었다. 남녀 사이란 것이 서로 사귈 때는 정말 가까운 분신 같은 존재가 되기도 하지만, 헤어지고 나면 돈 떼먹고 도망간 원수보다 못한 사이가 된다. 원수라면 아는 척이라도 할 수 있지만 헤어진 연인은 아는 척하기도 어색하다. 어느 순간이 되면 전혀 모르는 사람이 되어 타인보다 더 못한 사이가 되어 버린다.

협박하는 남자

        친구가 만나자는 연락이 와서 약속 장소로 갔다. 친구는 약속 시간보다 조금 늦게 도착했다. 친구를 기다리고 있는데 맞은편에 서 있던 남자와 서로 눈이 자주 마주쳤다. 나중에 알고 보니 그 남자는 친구의 초등학교 동창이었다. 친구가 소개를 해주어 서로 인사를 나누었고 동갑이라 금방 친해졌다. 그 남자는 삐삐 번호를 물었고 나는 알려 주었다. 그는 고등학교 시절에 밴드부에서 보컬을 해서 노래를 잘 불렀다. 그 남자와 만나는 동안 밴드부 친구들을 두어 번 만났다. 요즘 아이돌 가수처럼 외모에서부터 빛이 났다. 어딜 가나 눈에 띄는 그 친구들에 비해 그 남자는 키도, 외모도 평범했다. 그런데 멋진 친구들과 어울리다 보니 눈이 높아졌다.

어느 날 그 남자가 나에게 "넌 예쁘지는 않은데 이상하게 자꾸 끌린다."라는 말을 했다. 그 소리는 다른 사람에게도 몇 번 들었지만, 나쁘지 않았다. 예쁜 여자보다 더 치명적인 것은 매력적인 여자라는 말을 어디선가 들은 듯하다. 그 남자는 나와 둘만 있는 것을 좋아했고 내 친구들과 어울리는 것도 싫어했다. 하루는 아무런 약속도 없이 갑자기 우리 집으로 나를 만나러 왔다. 그때 나는 큰언니 집에 있을 때였다. 그날은 비가 엄청나게 내렸는데 우리 집 앞에서 오지 않는 나를 새벽 4시까지 기다리고 있었다. 나중에 삐삐에 녹음된 그 남자의 음성을 듣고 그렇게 오랜 시간 동안 기다리고 있었던 것을 알게 되었다.

그 남자가 점점 두려워져 만남을 피했다. 그 남자는 내가 자신을 피한다는 것을 알고는 욕을 하면서 협박을 했다. 심지어 길 가다가 만나면 죽일 거라는 말까지 했다. 나는 정말 그런 일이 일어날까 무서웠다. 예쁘고 날씬한 여자들만 만나왔던 그 남자에게 나는 그저 평범한 여자였다. 그런 내게 자신이 차였다고 생각하니 자존심이 많이 상한 것 같았다. 살아가다 보면 많은 사람을 만난다. 하지만 모두 좋은 인연으로 만나기는 힘들다. 쓴 경험이긴 했지만 그 뒤로 그 남자와 다시 마주치지는 않았다. 참 다행이었다. 아직까지 살아 있으니 얼마나 다행인지….

오묘한 감정을 남기는 남자

　　　　　친구의 소개로 처음 소개팅을 하게 된 것은 열여섯 살 때였다. 소개받은 친구는 나보다 한 살 많은 고등학교 1학년이었다. 같은 회사에 근무하는 언니가 자신의 남동생을 내 친구에게 소개해 주었고, 내 친구의 남자 친구는 자신의 친구를 나에게 소개해 주어서 소개팅을 하게 되었다. 그런데 그다음에는 친구들과 미팅을 주선해 달라고 해서 다시 5 대 5로 미팅을 하게 되었다. 이미 내 친구와 나는 파트너가 정해져 있으니 나머지 세 친구를 위한 미팅이었다. 우리는 서로 각자의 커플과 만나기도 했고, 5 대 5 단체로 만나기도 하면서 3개월 남짓 만남을 이어갔다. 그 기간 동안 자취를 하는 친구 집에 가서 밥도 해 먹고, 내 파트너의 생일 파티도 하고, 일일 찻집 행사도 하면서 잘 지냈다. 그런데 맨 처음 소개팅을 시켜 주었던 친구 커플이 헤어지게 되었다.

　문제는 그들이 헤어지게 되었으니 나머지 네 쌍도 계속 만나기가 껄끄럽고 눈치가 보인다면서 다 헤어지자고 내 파트너가 제안을 했다. 그게 자기들끼리는 의리라는 것이었다. 만난 기간도 짧고 정이 많이 들지도 않았으니 친구들 모두 그러자고 합의를 했다. 그렇지만 나는 내 파트너보다 혼자서 자취하는 친구가 더 신경이 쓰였다. 자취하는 친구 집에서 다 같이 밥을 해 먹은 날이 있었다. 자취하는 친구가 내게 김치찌개의 간을 봐달라면서 자신이 맛보던 숟가락을 그대로 내 입으로 가지고 왔다. 그런 경험이 처음이라 약간 설레었다. 단체로 만날 때, 그 자취하는 친구와 이야기를 많이 나누었다. 서로 마음이 잘 통했다. 내게 처음 소개팅을 해준 친구도 나와 자취하는 친구가 더 잘 어울린다고 했었다.

　우리 모두 헤어지기로 한 날, 자취하는 친구가 골목으로 데리고 가더니 내 어깨를 자신의 두 손으로 꽉 잡고는 이렇게 말했다. "경남아, 너 이대로 헤어지는 거 정말 괜찮나? 후회하지 않겠나?" 그 순간 내 파트너와 헤어지는 게 아니라 마치 그 친구와 헤어지는 것 같은 기분이 들었다. 그의 눈이 나를 잡는 것 같았다. 사실 내 파트너가 헤어지자고 말할 때는 아무렇지 않았다. 돌이켜 보면 모두

가 헤어진 것이 바로 이런 오묘하고 복잡한 감정을 서로 느꼈기 때문이 아닐까. 나는 내 파트너와 잘 사귀고 있던 중에도 자취하는 친구에게 살짝 흔들렸다. 그런 일이 비단 나에게만 있었던 것이 아니었다. 소개팅을 주선해 준 내 친구도 내 파트너를 좋아했고 다른 친구도 내 파트너를 탐냈다. 그 미팅은 그렇게 다 깨어지는 것이 오히려 더 잘된 일이다.

물질로 마음을 흔드는 남자

　　친구의 고향 사람 중에는 대구에 와서 자리 잡은 사람이 몇 명 있었다. 그 친구를 통해 반점을 운영하는 사람을 알게 되었다. 한 번씩 그 중국집에서 저녁을 먹었다. 그런데 친구 고향 사람이 내게 식당에서 일하는 직원에게 소개팅을 좀 시켜 주면 좋겠다고 했다. 그래서 같이 근무하고 있는 여직원을 소개해 주었다. 그때 나까지 포함하여 3 대 3으로 만나게 되었는데, 그중에서 분위기를 잘 살리는 남자가 있었다. 키가 작고 통통한 남자였는데 노래도 잘 부르고 춤도 잘 추고 완전 분위기 메이커였다.

　　나는 소개만 해주는 입장이었기에 부담 없이 나간 자리

였는데 그 분위기 메이커인 남자가 내게 연락을 했다. 그 남자는 주방장이었다. 그날은 반점 휴무일이었는데 시간 되면 잠깐 식당으로 와달라고 했다. 그래서 갔더니 잡채를 만들어 주었다. 하루는 그 남자가 우리 엄마의 안부를 물었다. 그 남자의 어머니가 일찍 돌아가셔서 아는 사람의 어머니에게라도 잘해 드리고 싶다는 말을 했다. 그래서 엄마에 대해 대강의 이야기를 하게 되었다.

며칠 뒤, 그 사람이 체력보강 식품을 주면서 엄마께 전해드리라고 했다. 부담스러웠다. 아픈 사람에게 좋은 식품이고 부작용이 없는 것이라면서 엄마께 꼭 드리고 싶고 했다. 계속 사양했지만 장난인 듯 진심인 듯, 사위가

장모님께 드리는 선물이니 꼭 받아 달라고 했다. 계속 부탁을 해서 어쩔 수 없이 받았다. 다행히 엄마에게도 잘 맞았다. 엄마는 얼굴도 한 번 본 적 없는 남자가 그렇게 할 정도면 괜찮은 사람 같다고 말했다. 좋은 사람인 것은 맞지만 좋은 사람이라고 해서 다 잘될 수는 없다. 많이 부담스러워서 거절했다.

자격지심을 느끼게 하는 남자

　　　　열다섯 살 때 알게 된 남자 친구가 있다. 그 친구는 작은오빠를 만나러 가끔 우리 집에 왔다. 키가 아주 크고 마른 체형에 안경을 낀 얼굴은 딱 봐도 모범생으로 보였다. 그 친구는 당시에 인기가 많던 이문세의 신곡 테이프를 내게 생일 선물로 주었다. 이문세 씨는 텔레비전에 자주 나오지는 않았지만 수준 높은 명곡을 불렀기에 다른 가수들과는 뭔가 결이 달랐다. 그런 가수의 테이프를 생일 선물로 주었으니 정말 큰 감동이었다. 식구들도 잘 챙겨주지 않는 내 생일을 챙겨주었으니 어린 마음에 엄청 고마웠다.

　그 친구는 나와 동갑이긴 했지만 생각이 깊고 말을 참

점잖게 했다. 작은오빠는 나와 다르게 공부를 잘해서 친구도 모범생이 많았다. 그렇다 보니 작은오빠 친구들을 보면 주눅이 들고 기가 죽었지만 가끔 내게 호감을 표현하는 친구가 있어 힘이 되어 주었다. 그 친구는 집이 멀어 작은오빠 방에서 자고 가는 경우가 많았다. 우리 가족과 밥도 자주 먹었다. 자주 보는 사이이긴 했지만 그 친구 집과 우리 집은 분위기가 많이 달라서 거리감이 느껴지기도 했다. 그 친구 집안은 그때까지 내가 만난 사람들과는 사뭇 달랐다.

부모님이 두 분 다 선생님이었고 명석한 집안의 유전자답게 그 친구 역시 좋은 대학을 나와 대기업에 다니면서 잘살고 있다. 그런 친구지만 자신의 집안에 가면 기가 죽는다고 했다. 전통 있는 집안의 자손인데 의사, 검사, 판사, 변호사, 교수 등의 직업을 가진 명석한 두뇌의 사람이 많아서 정작 본인은 말을 꺼내기도 힘들다고 했다. 나와 다른 환경의 그 친구에게 자격지심이 생겨 지레 겁을 먹고 거리를 두었던 것 같다.

기다려주지 않는 남자

　　검정고시 학원에서 만난 남자가 있다. 그는 학원을 오랫동안 다녀 문어발이었다. 그로 인해 여러 사람을 알게 되었다. 나보다 두 살 많은 그는 부모님이 일찍 돌아가셔서 고생을 많이 했지만 항상 밝고 씩씩해서 주변 사람들이 많이 챙겨주었다. 특별한 사이는 아니었지만 인연은 오래 이어졌다. 그가 군에서 휴가를 나왔을 때 같이 밥을 먹은 일이 있었다. 거기서 우연히 대입 공부를 같이 했던 또 다른 남자와 그 남자의 하사관 동기를 만났다. 그 사람은 당시 공군에서 하사관으로 군복무를 하고 있었는데, 외롭고 심심하다며 편지를 써달라고 했다. 그래서 내가 그러겠다고 하니 그 옆에 있는 하사관 동기도 편지를 보내 달라고 해서 두 명에게 동시에 편지를 쓰게 되었다.

　인연이란 것이 참 묘했다. 나는 오랜 기간 알고 지낸 그 남자와 밥을 먹으러 갔던 것뿐인데, 같이 공부했던 다른 사람을 만나고, 그 사람의 군대 동기를 만나 편지를 쓰게 되었으니 말이다. 군대 동기는 휴가 나올 때마다 만나러 왔다. 그 기간이 일 년 넘게 이어졌다. 그는 진실한 사람이었고 나를 좋아했다. 그 사람이 휴가를 나온 어느 추운 겨울날, 그 사람의 행동이 평소와 조금 달랐다. 집 앞에서 헤어질 때 잘 가라고 악수를 하는데 그 손에서 강한 힘이 느껴졌다. 손을 뺄 수가 없었다. 갑자기 겁이 났다. 계속 손을 놓지 않는 그 사람에게 급기야 심하게 화를 내고 돌아섰다. 그 뒤에 그 사람에게 편지가 왔지만 답장을 하지 않았다. 그때 나는 스물세 살이었고, 그 사람은 스물다섯 살이었다.

　2년의 세월이 흐른 뒤, 그 사람에게 편지를 썼다. 그때는 내가 너무 어려서 심하게 대했던 것 같다고, 미안하다는 내용의 편지를 썼다. 그 편지를 받은 그 사람은 답장을 했고 휴가 나왔을 때 다시 만나게 되었다. 그 사람이 밥을 먹으며 말했다. '나 결혼했다'라고. 자신이 군복무를 하는 곳 근처에 사는 여자와 한 번씩 만나면서 정이 들어 결혼하게 되었다고 했다. 나와 연락이 끊어지고 몇 달 후에 결혼했다고 했다. 사귀던 사람과 헤어지고 힘들어할 때

옆에서 잘해 주는 여자가 생기면 쉽게 마음이 간다고 한다. 그때, 그 사람이 만약 결혼을 하지 않았다면 다시 시작해 보고 싶다는 이야기를 하려고 했었다. 하지만 너무 늦어버렸다. 시간은 기다려주지 않았다. 내가 너무 이기적이었다.

말인지 막걸린지 모르는 남자

　　　　대구 평화시장에는 닭똥집 골목이 있다. 주머니가 얇은 청춘 남녀에게 인기가 많은 곳이다. 싸고 맛있고 푸짐하고, 이보다 더 좋을 수는 없다. 이십 대 초반에는 친구들과 닭똥집 골목을 자주 갔다. 하루는 네 명의 친구와 그곳에서 술을 마시고 있었다. 우리 옆 테이블에는 우리 또래의 청년들이 앉아 있었다. 그쪽도 네 명이었다. 그쪽에서 먼저 말을 걸어왔고 그들이 계산을 하기로 하고 합석을 하게 되었다. 그들은 경남 창원에서 왔다고 했다. 내 친구들도 성격이 좋았고 그쪽 사람들도 성격이 좋아서 편하게 술잔을 주거니 받거니 하면서 이야기를 나누었다.

그런 중에 눈에 들어오는 한 사람이 있었다. 내 옆에 앉은 사람이었다. 체격도 좋고 키도 크고 피부도 하얗고 잘생긴 남자였다. 그때 나는 스물두 살이었다. 얼굴이 먼저 들어왔다. 그들은 우리보다 두 살 정도 많았다. 말이 잘 통해서 그 사람과 빨리 친해졌다. 그래서 연락처를 주고받았다. 그 뒤 몇 차례 전화 통화를 했다. 하루는 그 사람이 대구에 올 일이 있으니 만나자고 했다. 그 사람을 만나 식당으로 이동했고, 거기서 그 사람 친구와 합류했다. 그 친구도 그때 닭똥집 골목에서 만났던 사람이라 맥주를 마시면서 편하게 이야기를 나누었다. 그런데 어느 순간 그 사람이 보이지 않았다.

알고 보니 자신의 친구가 나를 너무 만나고 싶어 해서 자리를 만들어 주었던 것이다. 그 사람 친구는 내가 마음에 든다면서 적극적으로 만나기를 원했다. 난감했다. 무슨 생각으로 그 사람이 나를 자신의 친구와 엮어주려고 한 건지 기분이 좋지 않았다. 그래서 그 사람에게 전화를 걸어 물어보았다. 왜 그랬느냐고 물으니, 그 친구가 나를 좋아해서 그렇게 되었다며 미안하다고 했다. 이게 무슨 말인지 막걸리인지… 살다 보면 별일이 다 일어나는 법이지, 그런 거지. 그래서인지 모르겠지만 닭똥집 골목에는 딱히 가고 싶다는 생각이 들지 않는다.

차가운 남자

　"넌 너무 이상적이야 네 눈빛만 보고/ 네게 먼저 말 걸어 줄 그런 여자는 없어/ 나도 마찬가지야 이렇게" 가수 자자의 〈버스 안에서〉라는 곡이다. 이 노래는 서로 끌리는 두 남녀가 버스 안에서 만나 서로의 눈빛을 느끼는 것이지만, 나는 버스 정류장에서 자주 만나는 사람이 있었다. 그때 나이 스물네 살이었다. 출근을 하려고 버스를 기다리고 있으면 그 사람은 조금 떨어진 곳에서 나를 계속 보고 있었다. 처음에는 착각인가 하는 생각이 들었지만 그런 일이 몇 번 반복되다 보니 착각만은 아니라는 생각이 들었다. 나를 계속 보면서 말을 걸까 말까 하는 표정을 짓고 있었다. 그러다 내가 버스를 타면 내가 앉은 창문 쪽으로 와서 나를 바라보고 있었다. 눈도 여러 번 마주쳤다. 그러나 말을 해 보지는 못했다. 그렇다. 이 노래 가사처럼 그 사람의 눈빛만 보고 먼저 말을 걸 수 있는 여자는 없을 것이다.

어느 순간부터는 그 남자를 볼 수 없었다. 조금 더 용기가 있었다면 말을 걸어 봤을 텐데, 그렇게 하지 못했다. 내가 그렇게 못 한 데는 이유가 있었다. 열여덟 살 무렵, 버스 안에서 초등학교 남자 동창과 몇 번 마주쳤던 일이 있었다. 그 친구는 6학년 때 같은 반이었고, 당번할 때 조원이었다. 그때 우리 조는 남자 셋, 여자 둘 이렇게 다섯 명이었다. 얼굴이 하얗고 귀티나게 생긴 그 친구에게 잠깐 관심을 가진 적이 있었다. 그래서 반 친구들에게 그 친구를 좋아한다고 이야기를 했었는데, 그 친구는 내게 전혀 관심이 없었다. 그 친구도 나도 키가 커서 짝이 될 뻔한 경우가 여러 번 있었지만 늘 한 명 차이로 짝이 되지 못했다. 그런데 가끔 그 친구가 내 쪽을 볼 때가 있었다. 그래서 자주 눈이 마주쳤다.

그런데 나를 본 것이 아니라 나보다 예쁜 내 짝을 보고 있었던 것 같다. 내 짝도 나와 같은 조원이었다. 그 친구와 내 짝은 서로 장난도 치고 친하게 지냈는데 나와는 그렇게 지내지 못했다. 그랬던 친구를 우연히 버스 안에서 몇 번 보았다. 누가 계속 쳐다보는 느낌이 들어서 고개를 돌리면 그 친구였다. 그때는 무슨 용기로 그런 행동을 했는지 모르겠다. 몇 번을 망설이다가 그 친구에게 말을 거니 그 친구의 반응이 기대와 달리 아주 차가웠다. 헉! 차라리 말을 걸지 말걸 하는 후회가 생겼다. 이 기억 때문에 버스 정류장에서 만난 그 사람에게 먼저 말을 걸지 못했다. 혹시 또 창피를 당할까 봐 겁이 났었다.

적극성이 부족한 남자

       독학사 과정 2학년이 되었을 때, 나에게도 드디어 후배가 생겼다. 후배라고는 하지만 대부분 나보다 나이가 많았다. 그때 문학 동아리 활동을 했었는데, 동아리 후배 중에 동갑내기 남자 후배가 두 명 있었다. J라는 후배는 마른 체형에 키가 187cm 정도 되었으며, 약간 검은 피부를 가졌다. 또 다른 후배 P는 키가 173cm 정도의 피부가 하얀 친구였다. 키 큰 사람이 싱겁다는 말이 있듯이, J에게도 그런 면이 있어 편했다. 부모님 두 분 다 음악 대학 교수라고 했다. 누나는 음악적 재능이 있어 피아노를 전공한다고 했다. 그런데 J는 누나만큼 두각을 나타내지 못해 대학을 그만두었다고 했다.

그리고 P는 고등학교 다닐 때 밴드부에서 보컬을 했다. 동아리에서 단체로 노래방을 간 일이 있었는데 P는 역시 보컬 출신답게 노래를 잘 불렀다. 평소에는 조용한 편이 었지만 노래를 부를 때는 아주 열정적으로 불렀다. 그 모습이 참 멋있어 보이면서도 어딘가 모르게 외로워 보였다. 소규모이긴 하지만 문학 동아리 모임 후에 뒤풀이 겸 학교 근처에서 술자리를 한 번씩 가졌는데 P는 술을 마시지 않았다. 그래도 술자리에는 항상 있었다. J는 술을 마시면 얼굴이 빨개지고 술이 약한 편이었다. 나는 술을 잘 마셨는데 그들이 술을 못 마신다고 하니 신기했다.

여름방학을 맞이하여 동아리에서 지리산 뱀사골로 1박

2일 MT를 간 적이 있었다. 저녁이 되자 역시 술자리가 펼쳐졌다. 나는 술을 마시다가 잠시 바람을 쐬기 위해 밖으로 나갔다. 거기에 P가 있었다. 혼자서 평상에 앉아 하늘을 보고 있었다. 그래서 잠깐 이야기를 나누었다. P 역시 J처럼 자신의 꿈과 집에서 원하는 모습이 다르니까 고민을 하고 있었다. 그때 우리를 본 J가 취기가 오른 얼굴로 "이 배신자야!"라며 나를 향해 소리쳤다. 그 일로 인해 두 사람 모두와 서먹해지게 되었다. 나는 J가 편했지만 한편으론 가정형편과 수준이 맞지 않아 부담스럽기도 했다. J가 혹 내게 관심이 있었다면, 조금 더 적극적이었으면 좋았을 텐데 하는 생각을 했다. 그렇게 인연은 비껴갔다.

말 한마디에 떠나는 남자

       열다섯 살 늦가을, 교회에 다니게 되었다. 엄마가 아플 때 기도해 주신 분들에 대한 고마운 마음을 조금이나마 보답하고 싶어서였다. 하지만 잠깐 다니다가 여러 가지 사정으로 다니지 못했다. 그때 교회에서 만난 오빠가 있다. 교회에 간 첫날, 새 신자 소개 시간이 있어 잠시 앞으로 나가 인사를 하게 되었다. 짧은 시간이지만 정말 긴장된 시간이었다. 나는 아직도 앞에 나가서 자기소개를 하라고 하면 많이 긴장된다. 정신없이 말하고 자리에 앉았다. 그때 그 남자가 내 옆에 앉으면서 "안녕, 경남이라고 했지? 난 최○○이라고 해. 너 왜 이렇게 예쁘니?"라고 말하는 것이었다. 오빠는 경상도 남자답지 않게 말투가 참 싹싹하고 다정했다.

남자에게 이렇게 직접 예쁘다는 말을 들은 것은 그때가 처음이었다. 내가 정말 예뻐서는 아니었을 테고 그저 긴장을 풀어 주려고 했던 말일 것이다. 그런 이유라고 하더라도 엄청 기분이 좋았다. 정말 고마웠다. 그런데 나는 언변이 어눌해서 어떻게 대답했는지 기억이 나지 않는다. 나는 잘 웃지도 않는 비호감형의 아이였다. 그해 크리스마스이브에 오빠는 교회에서 합창을 했다. 합창 공연이 끝나고 내 옆으로 와서 "오빠 하는 거 봤니? 오빠 잘했어?"라고 물어왔다. 나는 얼떨결에 "아, 네. 참 잘하시더라고요." 무뚝뚝하게 대답을 했다. 옆에 있던 내 친구는 정말 높은 톤으로 "오빠야! 진짜 잘하더라. 정말 멋있더라!"라고 크게 말하며 분위기를 띄워 주었다. 내가 그렇게 말을 해야 했었는데 애교도 없었다.

그해 대입학력고사에서 오빠는 불합격을 했다. 그즈음에 나는 교회를 그만두게 되었다. 그리고 두 달쯤 뒤, 열여섯 살에 들어선 2월에 친구와 시내를 돌아다니다가 우연히 그 오빠를 만났다. 오빠도 친구와 함께 있었다. 그 오빠는 내게 반갑게 인사를 했다. 나도 참 반가웠다. 그런데 그때 마음에도 없는 말이 튀어나왔다. "오빠, 재수하면서 이렇게 시내에 놀러 다니셔도 돼요? 공부해야 하는 거 아니에요?" 아! 내가 무슨 마음으로 그런 말을 했는지 모르겠다. 따뜻한 위로를 해주고 싶었는데 말은 엉뚱하게 나왔다. 하지만 위로를 어떻게 해야 하는지 그 당시에는 정말 몰랐다. 왜 하필 그런 말을 했을까? 정말 후회가 된다. 그러고는 그 오빠를 다시 보지 못했다. 내가 얼마나 밉고 원망스러웠을까? 혹시라도 그 오빠를 다시 만나게 되면 정말 진심으로 사과를 하고 싶다.

거친 손을 가진 남자

       회식이나 모임을 하다 보면 분위기에 휩쓸려 나이트클럽에 가게 될 때가 있다. 여자들끼리 가면 웨이터가 손을 잡고 강제로 낯선 남자들이 앉아 있는 테이블로 데려가기도 한다. 처음 보는 남자들 사이에 앉아 있는 것은 정말 불편하고 어색하다. 그들이 따라주는 술을 한 잔 마시고 그 자리를 빨리 떠나고 싶을 뿐이다. 남자들도 마찬가지일 것이다. 처음 보는 여자가 왔는데 자기 스타일이 아니라고 함부로 대할 수가 없으니 예의상 술을 건네고 말 몇 마디라도 해야 한다. 얼마나 힘들까? 돈도 시간도 아까울 것이다.

    내게도 30대 초반에 그런 경험이 있었다. 웨이터가 나를 한 남자에게 이끌고 갔다. 앉아 있는 남자를 보는 순간 눈이 확 뜨였다. 정말 잘생긴 남자였다. 체격과 신장도 딱 내 스타일이었다. 거기다 그 남자는 얼굴이 가수 HOT의 멤버 강타와 많이 닮았고 나이까지 동갑이었다. 그 남자가 바로 "친구네, 편하게 말 놓자." 그러기에 "그래! 친구 아이가." 하며 서로 말을 놓았다. 그 남자는 여자의 외모보다는 성격을 본다고 했다. "그래, 성격은 내가 좋지. 딱 나네." 하며 너스레를 떨었더니, "그래, 너 정말 성격 좋아 보인다." 며 남자가 웃었다.

남자는 부모님이 일찍 돌아가서서 고등학교를 졸업하고 바로 화학회사에서 일을 시작했다고 했다. 나도 아버지가 일찍 돌아가서서 고생을 많이 했는데, 비슷한 스토리가 있어 더 빨리 친해졌다. 시끄러운 나이트클럽에서 처음 만난 사이지만 많은 이야기를 나누었다. 이야기를 하다가 갑자기 남자가 자기 손을 한번 만져보라며 내밀었다. 손을 만져보는 순간 깜짝 놀랐다. 외모는 연예인인데 손이 너무 거칠었다. 독한 화공약품을 만지는 일을 하다 보니 장갑을 껴도 손이 갈라져서 꺼칠꺼칠하고 엉망이라고 했다. 마음이 짠했다.